민호의 학용품들 이야기

민호의 학용품들 이야기

발 행 | 2022년 10월 14일
저 자 | 임유진
펴낸이 | 한건희
펴낸곳 | 주식회사 부크크
출판사등록 | 2014.07.15.(제2014-16호)
주 소 | 서울특별시 금천구 가산디지털1로 119 SK트윈타워 A동 305호
전 화 | 1670-8316
이메일 | info@bookk.co.kr

이 책은 한컴 말랑말랑체, 카페24 쑥쑥체, 나눔 명조, 나눔 고딕체가 사용되
었습니다.

ISBN | 979-11-372-9806-4

www.bookk.co.kr
© **민호의 학용품들 이야기** 2022

민호의
학용품들
이야기

임유진 지음

CONTENT

프롤로그 - 학용품 고민 인터뷰

" 학교 다녀왔습니다~! "

학교에서 돌아온 민호가 가방을 바닥으로 던졌다. 그 때였다.

" 아얏! "

" 아프잖아! 김민호! "

가방 속에서 들려온 목소리, 민호의 필통 속에서 들려온 목소리. 바로 민호의 학용품 들이었다. 민호의 학용품들은 오늘도 바쁘게 움직이고 있었다.

" 오늘 학용품 고민 인터뷰 온다고 자가 그러지 않았어? "

연필이 매우 흥분하며 말했다.

" MC가 누구랬지? "

지우개가 자에게 말했다.

" 열쇠고리가 진행이래! "

자가 매우 흥분하며 말했다. 열쇠고리는 BAG CITY 속에서는 유명 연예인 이었다. 밤마다 진행 되는 [BBB 연예 무대]에서 대상을 수여했다. 그 이후로 열쇠고리는 BBB 소속 탑 연예인이 되었다.

" 우리 사인받자! "

샤프심 통이 샤프를 잡아당기며 말했다.

" 자야, 언제 오는 거야? "

지우개가 물었다.

" 이제 3분 뒤! "

자가 대답하고 자의 말대로 3분 뒤, 열쇠고리와 30여 명의 스태프가 좁디좁은 필통 속으로 들어왔다.

" 안녕하세요! 열쇠고리입니다! "

열쇠고리는 모든 학용품들을 보며 반갑게 인사하고, 수많은 스태프들은 분주히 방송 준비를 했다. 그리고 학용품들은 모두 정장차림으로 갈아입고, 방송용 세트 장 안으로 들어갔다.

세트장에는 학용품들의 수에 맞게 의자가 준비되어 있었다. 그때 자가 말했다.

" 저기... 의자가 너무 작은데요... "

다행히 스태프가 와서 자의 의자를 교체해주었다. 그리고 큼지막한 BBB 로고와 함께 감독의 목소리가 울렸다.

" 자, 방송 시작합니다. 셋 둘 하나! 시작! "

드디어 기다리고 기다리던 고민 상담소가 시작되었다.

제1화 연필의 설움과 단추 박사

" 안녕하세요! 학용품 고민 상담소입니다! 저는 MC
를 맡은 열쇠고리입니다! 오늘은 저희 학용품 고민 상
담소에서 필통을 찾았는데요! 인사 부탁드립니다! "

멋진 열쇠고리의 스타트 멘트가 끝나자 학용품들의
인사 차례가 되었다.

" 안녕하세요, 연필입니다! 잘 부탁드려요! "

연필이 인사의 스타트를 끊었다.

" 안녕하세요! 연필과 떨어질 수 없는 단짝 지우개입니다! "

지우개의 뒤를 이어

" 안녕하세요! 자입니다! ",

" 안녕하세요, 저희는 샤프와 샤프심 통입니다! "

" 안녕하세요! 저희는 가위, 커터칼입니다!! 반갑습니다! "

자, 샤프와 샤프심 통, 가위와 커터칼이 인사를 이어 갔다. 그리고 첫 번째 Talk talk 코너에 주인공은 연필이었다.

" 안녕하세요, 연필 씨, 연필 씨는 무슨 고민이 있어서 나오셨나요? "

MC 열쇠고리가 물었다. 연필은 좀 긴장한 듯이 말했다.

" 저는 아주 슬픈 고민이 있습니다. 그 사연을 알려 드리겠습니다. "

연필의 숨을 고르며 말했다.

" 다들 아시다시피 민호는 그리 열심히 공부하지 않습니다. 그래서인지 저희 학용품들은 놀이감으로만 쓰입니다. "

연필의 말에 모든 학용품들은 고개를 끄덕였다.

" 근데 저는 학용품들 중에 거의 유일하게 민호가 많이 쓰는 학용품입니다. 그래서 전 계속 몸이 작아집니다. 그리고 계속 낙서를 당하고요. "

연필이 말하자 열쇠고리가 물었다.

" 연필 씨, 몸이 작아진다는 것이 무슨 뜻인가요? "

" 네, 저는 앞쪽 흑연 심이 없어지면 나무 몸을 깎아 흑연 심이 앞으로 나오게 하죠. 그렇게 깎이면서 제 몸이 점점 짧아지는 겁니다. "

" 아... 그렇군요... "

" 네, 그러다가 잡을 수 없을 정도까지 작아지면 결국 저는 미지의 구멍에 빠지는 겁니다. "

" 아... 사람들은 그것을 쓰레기통이라고 부른다고 하더라고요. "

열쇠고리가 몸을 떨며 설명했다. 그리고 연필은 이야기를 이어 나갔다.

" 여러분, 그리고 민호는 저희들의 집, 필통을 정리해

주지 않습니다. 그것 때문에 저랑 지우개는 계속 몸이
붙습니다. ”

“ 어... 혹시 몸이 붙는다... 는 것이 무엇인지 설명해
주실 수 있으신가요? ”

열쇠고리가 연필에게 정중히 물었다.

“ 네, 요즘 날씨 너무 덥죠? ”

연필이 말을 하자마자 기다렸다는 듯이 모든 학용품
들이 다 같이 말했다.

“ 네!!! ”

“ 그리고 지우개의 몸은 고무로 만들어졌습니다. ”

연필의 말의 지우개는 고개를 끄덕였다.

“ 그리고 고무는 열기에 잘 녹습니다. 그런데 그렇게

녹아내린 지우개가 제 곁에 있다면, 지우개는 제 몸에 찰싹 붙어버리고 맙니다. 그래서 제가 붙는다고 말한 것입니다. "

연필의 말이 끝나자 열쇠고리가 물었다.

" 아... 그렇군요, 혹시 다른 고민이 있나요? "

" 네! 또 있습니다! "

연필이 다시 말했다.

" 여러분, 아까 말했다시피 민호는 공부를 그리 열심히 하지는 않습니다. 그래도 학생이니 시험은 봅니다. 그때 민호가 어떻게 하는지 아십니까? "

연필이 거의 화를 내며 말했다

" 어떻게 하는데요? "

다른 학용품들이 궁금해서 물어봤다.

" 제 몸에 1부터 6까지 숫자를 쓰고 제 몸을 굴려 멈추었을 때 나오는 숫자로 답을 씁니다. 정말 어이없지 않습니까? "

연필이 거의 울먹거리며 말했다. 그때 MC 열쇠고리가 휴지 한 장을 가지고 와 연필을 위로하며 말했다.

" 네, 참 어려운 일들 많으셨을 텐데 그래도 이렇게 열심히 살아가고 계셔서 감사합니다! 그리고 연필 씨, 궁금한 점이 있습니다. 몸이 너무나도 짧아졌을 때 에는 어떻게 하시나요? "

열쇠고리가 묻자 연필은 기다렸다는 듯 말했다.

" 네, 그러면 지금 여기에는 있지 않지만, 볼펜에 볼펜대를 뒤쪽에 끼워서 사용합니다. 그러다가 깎이지도 않을 때 미지의 구멍으로 가는 거죠... "

연필은 한숨을 쉬며 이야기했다.

" 아... 그렇군요... 그렇다면 이런 고민을 가지고 있는 연필 씨의 고민을 어떻게 해결해 주면 좋을까요? 이 고민을 해결하기 위해 특급 게스트를 모셨습니다!! 나와 주세요! "

그때 갑자기 세트장의 중간이 열리더니 엄청난 폭죽과 함께 휠체어를 탄 누군가가 나타났다.

" 앗! 당신은! "

자가 놀라며 소리치며 입을 손을 막았다. 바로 그 물건은 온갖 시련이란 시련은 다 겪은 단추 박사였다.

" 네! 단추 박사님이 저희 고민 해결소에 오셨습니다! "

단추 박사는 민호가 유치원 6살 때 우리 BAG CITY 에 오신 BAG CITY의 최고령 물건이셨다.

" 홀홀, 안녕하십니까? 저는 단추 박사입니다. "

단추 박사가 말을 이어갔다.

" 저로 말할 것 같으면, 아주 오래전, 민호가 3살 때 왔구요, 민호에 옷에서 떨어진 단추입니다. "

" 알아요! 박사님! 저 박사님 팬이에요!! "

 자가 흥분하며 말했다. 자는 단추 박사의 오랜 팬이다. 매번 단추 박사가 나오는 프로그램은 모조리 챙겨 보는 자가 친구들은 한심하게 생각했다. 자의 소원 중 가장 큰 비중을 차지하는 건 단추 박사님을 실제로 만나 이야기 해보는 것이었다.

" 홀홀, 저를 아는 사람도 있네요. 안녕하세요~ "

 단추 박사의 구수한 인사가 끝나자 열쇠고리가 기다렸다는 듯이 말했다.

" 네! 우리 BAG CITY에 최고령이신 단추 박사님이 오늘 오신 이유는! 바로 연필 씨와 오늘 이 자리에 계신 학용품님들의 이야기를 해결해주기 위함입니다!! "

열쇠고리가 단추 박사의 논문을 뒤쪽 스크린에 띄웠다. 그 논문에는 BAG CITY의 발전과 환경 변화에 대한 단추 박사의 생각이 담겨있었다.

" 그리고 이번 BAG 대학에서 진행한 BAG CITY 환경 변화 발표에서 이런 논문을 발표했는데요! "

열쇠고리가 자랑스럽다는 듯이 뒤쪽 스크린을 손으로 가리키며 말했다.

" 이 논문에는 단추 박사님의 개인적인 의견이 매우 많이 담겨 있는데, 그중에 저는 개인적으로 이 문장이 마음에 듭니다. "

열쇠고리는 레이저로

[더 이상 BAG CITY에 자동차공장을 늘리면 안 된다.]

라는 문장을 가리키며 아주 힘차게 말했다.

" 박사님, 왜 이렇게 생각하셨나요? "

열쇠고리가 단추 박사에게 궁금해하며 물었다.

" 저희 BAG CITY에는 지금 자동차가 너무나 많습니다. 요즘 미니카를 갑자기 많이 모으는 민호 때문에 갑자기 자동차 창고가 많아졌는데요, 그 때문에 조만간 저희 BAG CITY에는 BAG CITY 시민보다 자동차의 비율이 더 높아질 것입니다. 하지만 BAG CITY 시민이 자동차보다 중요하기 때문에 더 이상 자동차 공장을 만들면 안 됩니다. "

단추 박사는 다소 근엄한 표정으로 말했다.

" 그렇군요, 아니, 그런데 박사님, 자동차 공장을 어떻게 없애죠? 자동차 공장은 민호가 BAG CITY에

미니카를 집어넣는 공간을 말하는 거잖아요. 민호의 눈에는 저희는 그냥 빳빳한 플라스틱 물건일 뿐인데요. "

" 아, 네, 그 문제의 대해서는 논문에는 안 썼지만, 생각이 있습니다. "

단추 박사는 옅은 미소를 띄우며 말했다.

" 오! 그럼 해결책이 있다는 말씀이시군요! 역시 단추 박사님이십니다! "

열쇠고리가 박수를 치며 말했다.

" 네, 그럼 박사님, 그 해결책이 뭘까요? "

열쇠고리가 궁금한 목소리로 단추 박사에게 물었다. 덩달아 학용품들도 모두 단추 박사의 대답만을 기다렸다.

단추 박사는 털털하게 웃으며 이야기했다.

" 자동차 공장을 못 없앤다면 자동차 공장의 자동차를 없애면 되죠. "

" 아! 듣고 보니 그렇네요! 하지만 민호가 보고 있을 텐데 어떻게 없애죠? 저희 BAG CITY에는 그 정도의 힘을 가진 자가 없어요! "

열쇠고리가 물었다.

" 여러분, 저희가 계속 잊고 있던 곳이 있네요. 지금은 청바지로 덧대어져 모르지만, 예전에는 저희 BAG CITY 동쪽에 엄청나게 큰 구멍이 있었다는 사실 다들, 아시죠? "

" 네, 그건 알죠. 아! 설마... "

열쇠고리가 설레는 마음으로 단추 박사의 답변을 기다렸다.

" 네! 하려면 할 수 있습니다! 그 청바지를 뜯어내고 그곳으로 BAG CITY의 원흉인 미니카들을 밀어내는 겁니다! 그 미니카들은 꼭 민호가 잊어버린 아주 오래된 미니카들이어야만 합니다! "

단추 박사가 자신 있는 목소리로 말했다. 그리고 중간 광고가 시작됐다.

제 2화 사건의 시작

중간 광고가 지나가고 다시 학용품 고민 인터뷰가 시작되었다.

" 자~ 시작할게요~ 모두 다시 자리에 앉아주세요~ "

감독의 목소리가 다시 세트장을 울렸다.

" 3, 2, 1... start!! "

" 네, 그러면... "

그때! 갑작스럽게 하늘에서 소름 끼치는 굉음이 울렸다.

" 으악! "

" 지퍼가 열렸어!!! "

" 모두 숨어!! "

그 소름 끼치는 소리는 민호의 가방에 지퍼가 열린 것이었다. 가방의 커다란 지퍼가 열리면서 민호의 학용품들은 모두 혼비백산 도망쳤다. 그와 동시에 하늘에서는 민호의 거대한 손이 모습을 드러냈다.

" 으악...!!! "

외마디 비명과 함께 샤프와 샤프심 통이 민호의 손에 들려갔다.

민호는 엄마의 잔소리를 듣고 숙제하러 터덜터덜 방으로 들어가 가방에서 샤프와 샤프심 통을 꺼냈다.

" 에효~! 진짜 하기 싫은데... 심지어 오늘 수학 숙제인데... 하... 아니... 선생님은 왜 수학 숙제를 내주신거지? 왜 학습지냐구... 수학 익힘이면 뒤에 정답 있는데... "

민호는 한숨 섞인 목소리로 말했다. 민호가 투덜투덜대며 수학 학습지에서 오늘 분량을 펴는 순간 샤프와 샤프심 통이 말했다.

" 샤프심 통아, 우리 저 바닥으로 내려가자. 떨어지는게 조금 아프겠지만... 그래도 내려가서 숨어있다가 밤에 조심히 다시 안전한 BAG CITY 로 돌아가는 게 낫겠어... 내가 먼저 떨어질게... "

샤프가 비장한 목소리로 말했다. 하지만 샤프심 통은 샤프의 행동이 마음에 들지 않았다.

" 그러다가 민호가 발견하면? 그러면 우리는 예전처럼 꼬릿꼬릿한 냄새가 나는 민호의 오른발 발가락으로 집어 올려질걸? 너도 알잖아, 그게 얼마나 싫은지... "

샤프심 통이 걱정하는 목소리로 말했다. 하지만 샤프는 확신의 찬 목소리로 말했다.

" 괜찮아! 안 잡히면 되지! 넌 너무 겁이 많아. "

샤프가 샤프심 통의 머리를 툭툭 치며 말했다. 샤프가 위풍당당하게 일어나며 말했다.

그 순간! 샤프의 몸은 하늘로 올라갔다. 민호가 샤프를 집어 든 것이다.

" 에효~ 그래도 해야지... 하고 게임이나 해야겠다... "

민호가 중얼거리며 말했다. 개미 목소리로 기어들어
가며 말이다. 샤프는 아등바등 민호의 손아귀에서 빠
져나오려고 했다. 하지만 민호는 샤프를 꽉 잡고 있었
다.

" 아니... 이거 왜 못 빠져나오는 거지? 원래 됐는데?
윽! 윽! "

샤프가 민호의 손의 들려 강제로 수학 문제를 풀어
내려가고 있을 때였다. 민호가 열심히 계산을 하다가
실수로 샤프심 통을 팔꿈치로 쳤다. 덕분에 샤프심 통
이 바닥으로 떨어졌다.

" 아얏! 아... 바닥으로 떨어졌잖아? 잠깐만... 이렇
게 있다가는 꼬릿꼬릿한 냄새가 나는 민호의 오른발
발가락으로 집어 올려지겠지? 잠깐, 절대 그렇게 될
수는 없어! 우리 옆집에 사는 07 샤프심 통도 그것 때
문에 죽을 위기에 처했었는데! 민호는 꼬릿꼬릿한 냄

새가 나는 오른발 발가락으로 우리 샤프심 통들을 조심조심히 들지 않아! 그 말인 즉 옆집 07 샤프심 통처럼 내 안에 있는 샤프심들이 다 부러진다는 소리겠지? "

샤프심 통은 매우 심각한 표정으로 고민했다.

" 그래! 결정했어! 일단 민호의 발가락이 닿지 않는 구석으로 가서 밤이 되도록 버티자! "

샤프심 통은 최대한 빨리 구석으로 뛰어갔다. 그곳에는 최고급 먼지 호텔이 있었지만, 샤프심 통은 그런 곳에는 관심이 없었다. 샤프심 통은 샤프를 구해야겠다고 생각은 했지만, 샤프를 구할만한 명쾌한 아이디어가 없었다. 그때 샤프심 통은 생각했다.

' 아! BAG CITY로 돌아가서 친구들을 데려오자! 그러면 모두 힘을 합쳐 구할 수 있을 거야! '

샤프심 통은 민호의 눈을 피해 BAG CITY으로 다시 돌아가기 위해 의자 밑으로 살금살금 조심히 지나갔다.

" 앗! 잠깐만! 샤프를 구해서 같이 가는 게 낫겠어!
한번 해보자!! "

＊＊＊

그 시각 가방 속 BAG CITY에서는 샤프와 샤프심
통에 대한 의견이 분분했다. 학용품들은 모두 만장일
치로 '구하러 가야 한다'였고, 열쇠고리와 단추 박사는
'구하러 가지 않아도 된다'였다.

" 아니, 샤프랑 샤프심 통을 구하러가야죠. 우리 친구
잖아요... "

자와 연필이 말했다.

" 어차피 나가면 죽을 수도 있습니다! 왜 구하러 가
야 하죠? 그렇게 가고 싶으면 당신네들끼리 가요! 왜
우리를 끌어들이려고 합니까! "

단추 박사가 억양을 높이며 말했다.

" 당신은 BAG CITY 국민을 지키겠다고 했잖아요!
어떻게 이럽니까? "

지우개가 밀치고 나서며 말했다.

" 네! 맞아요! 단추 박사님! 무슨 일이 있어도 국민
의 편이라고 했잖아요! 당신이 한 연설이라구요! "

자가 울컥하며 말했다.

그때 열쇠고리가 갑자기 스태프들에게 다가가며 무언
가를 물어봤다.

" 혹시... 지금 카메라 꺼졌지? 녹화 그만했지? "

열쇠고리는 자신이 원하는 답인

" 네. "

를 듣고는 태도를 180° 바꿨다.

" 당신들, 친구니까 구하러 가줘야 한다고? 세상에 무슨 말 같지도 않은 소릴 해? 나는 당신 친구들인지 뭔지 하는 걔들이랑 친구 아니고 오늘 처음 본 거야! 그러니까 난 걔넬 위해서 죽을 수도 있는 바깥세상에 나가기 싫다고. 알겠어? "

열쇠고리는 학용품들에게 쏘아붙이며 말했다. 학용품들은 동시에 어버버하였다. 그리고 열쇠고리는 외투를 걸치며 자신의 보디가드 2명과 함께 집으로 갔다.

" 띵~~ 쩔그렁~ "

문 앞에 달아놓은 종이 종소리를 울리자 정적이 흐른 필통 속에 다시 소리가 돌아왔다.

" 아니, 어떻게 저래? "

" 내가 저런 사람을 최고의 연예인으로 뽑았다는 것
자체가 너무 싫다. "

연필과 지우개가 한탄하며 말했다.

" 나도 갑니다. 안녕히들 계시오. "

단추 박사도 화가 난 목소리로 인사하며 돌아갔다.

" 띵~~ 쩔그렁~ "

문 앞에 달아놓은 종소리가 또 한 번 울리자 스태프
들도 세트장을 접고 정장을 가져가고 마이크를 떼고
짐을 챙겨 다 나갔다.

" 띵~~ 쩔그렁~ "

또 한 번의 종소리가 울렸다. 이제 필통 속에는 학용
품들밖에 남아있지 않았다.

" 아니... 이럴 수 있는 거야? "

자가 어이없어하며 말했다.

" 아니, [BBB 연예무대]에서랑 너무 다르잖아... 이럴
수 있어? "

학용품들은 어이없어하며 그 자리에서 굳어버렸다.

" 내가 가장 좋아하던 연예인이었는데... "

가위가 기어들어 가는 목소리로 말했다.

" 애들아, 그럼 우리들이라도 가자! "

갑자기 커터칼이 벌써 일어나며 말했다.

" 우리 다 같이 힘을 합치면! "

커터칼이 말하고 있는데 갑자기 중간에 가위가 끊으

며 말했다.

" 그러다가 쓰레기통으로 들어가면? 그땐 어떻게 할 건데? "

가위는 무섭다는 듯이 가윗날을 감추며 말했다.

" 일단 우리의 비밀 공간으로 가자! 가서 이야기해보자! "

이 모든 상황을 지켜보고 있던 자가 소리치며 걸어갔다.

사실 민호의 필통에는 주인 민호도 모르는 비밀공간이 있다. 원래 민호의 밀통을 2단 필통이다. 민호의 2단 필통의 2번째 칸은 비밀번호로 잠겨있는 칸이다. 하지만 민호가 비밀번호를 까먹어서 그곳은 학용품들만 아는 비밀공간이 되었다.

" 틱 틱 틱 틱 "

비밀번호를 누르고 학용품들은 차례차례 두 번째 칸으로 들어갔다.

***

그 시각, 샤프는 책상 위에 있었다.

" 이익! 그만 써! 너무 세게 잡지 말란 말이야! "

샤프가 몸부림을 치며 소리쳤다. 하지만 너무나 당연하게도 민호는 샤프의 외침을 듣지 못한다.

민호에게 보이는 건 오직 반짝반짝 빛이 나는 크리스털 샤프의 몸뿐이었다.

" *헉! 신호가!* "

그때 민호가 화장실의 신호를 받고 화장실로 뛰쳐나

갔다.

" 기회는 지금이야! "

샤프는 전속력으로 책상모서리로 뛰어내려 바닥으로 굴러떨어졌다.

" 아이고~ 아파라~ "

" 쏴아아~ 덜컥! "

화장실의 문이 열리는 소리가 들리자 샤프는 곧바로 책상 밑 먼지 호텔로 들어갔다.

먼지 호텔의 직원들이 샤프를 반갑게 맞이해주었다.

" 와~ 안녕하세요? 혹시 예약하셨나요? "

직원은 상냥한 목소리로 샤프에게 물었다.

" 아니요. "

샤프가 대답했다. 그러자 직원이 기다렸다는 듯이 말
했다.

" 아~ 예약을 안 하신 손님이시군요. 지금 특급 스위
트홈이 40% 세일하고 있습니다. 원래 하룻밤 묵고 가
시는데 450,000,000 만 원이시거든요? 근데 이번에
세일해서 449,999,999 만 원이에요~ "

처음 직원의 말을 듣고 잠깐 지갑을 꺼내 살피던 샤
프는 가격을 듣고 깜짝 놀라 다시 물었다.

" 450,000,000만 원이요??? "

" 네~ 고객님 지금은 세일 중이라 449,999,999 만
원입니다. 저희는 최고의 서비스와 숙박시설을 제공하
는 먼지 호텔입니다~ "

" 아, 저기... 안녕히 계세요~~ "

샤프는 인사하고 빠르게 뒷걸음질로 먼지 호텔을 나왔다.

" 아니... 하룻밤 자는데 450,000,000만 원이라니... 완전 날강도네... "

샤프는 어이없다는 듯이 높디높은 책상을 올려다보며 신세를 한탄했다.

그때 눈앞에 움직이는 쓰레기가 나타났다.

" 으악!! "

샤프는 소스라치게 놀라며 뒤로 넘어졌다.

" 응? "

살아 움직이는 쓰레기가 샤프를 바라보며 말했다.

" 너 샤프니? "

" 응? 너, 나를 아니? "

" 응! 나 샤프심 통이야!! "

놀랍게도 샤프 앞에 나타난 살아 움직이는 쓰레기더미는 샤프만을 애타게 찾던 샤프심 통이었다.

" 근데... 너 왜 이래? "

샤프가 주춤주춤 뒤로 물러가며 샤프심 통에게 물었다.

" 아! 나 이거 계속 입고 있었구나! "

샤프심 통이 갑자기 쓰레기 더미를 벗었다. 그랬더니 우리가 잘 아는 새하얀 샤프심 통이 되었다.

" 와 아아 샤프심 통아! "

드디어 멀찌감치 떨어져 있던 샤프가 샤프심 통을 향

해 달려왔다.

" 어떻게 나왔어? "

샤프심 통이 샤프에게 물었다.

" 음... 민호가 화장실 간 틈에 내려왔어. "

샤프가 자랑스럽게 말했다.

" 근데, 여기에 계속 있으면 왠지... 잡힐 것 같지 않아? "

샤프심 통이 걱정스레 말했다.

" 아...! 어, 빨리 다시 BAG CITY로 돌아가자! "

샤프와 샤프심 통은 샤프심 통이 봐두었던 동선으로 이동해 다시 BAG CITY로 돌아갔다. 근데, 문제점이 하나 있었다. BAG CITY에 문, 즉 가방의 지퍼가 닫

혀 있었다. BAG CITY시민 중 가방의 지퍼를 열 수 있는 시민은 가장 힘이 센 스프링 공책만이 열 수 있었다. 하지만, 지금 스프링 공책은 외출 중이었다. 샤프는 몰라서 경비원 아저씨께 물어봤다.

" 아저씨, 있잖아요... 저희가 지금 BAG CITY에 들어가려고 하는데... 혹시 수문장인 스프링 공책은 언제 오나요? "

샤프가 상냥하게 말했다. BAG CITY에 경비원, 지퍼 손잡이가 말해줬다.

" 야, 너희 BAG CITY에 들어가려는 모양인데, 못 들어간다. "

경비원의 자초지종 설명으로 샤프와 샤프심 통은 사실을 알게 된 것이다.

" 그러니까, 정리해보면.. 스프링 공책은 지금 놀러 갔다는 거고, 그럼... 안에서도 밖에서도 열 수 없다는 건가? ”

샤프와 샤프심 통은 절망에 빠졌다.

제3화 구출 작전

그 시각, 학용품들은 샤프와 샤프심 통 구출 작전을 짜고 있었다.

" 지금 샤프와 샤프심 통은 가만히 있지 않고 어디론 가 숨었을 거야! "

연필이 말했다.

" 그래! 걔네들 성격으로 그냥 당하고만 있는 성격은 아니잖아? "

지우개가 손을 불끈 쥐며 말했다.

" 자... 그럼 일단, 이 BAG CITY의 문인 지퍼를 열고 영웅처럼 나가는 거지! "

가위가 흥분하며 말했다.

" 그다음, 슈퍼맨처럼 날아서 책상 위로 올라간 다음, 민호의 얼굴에 분노의 하이킥을 날려 기절시킨 후 샤프와 샤프심 통을 데려와서 다시 웅장하게 BAG CITY로 돌아오는 거야! "

" 아! 당연히 히어로물 BGM은 깔아주고! "

커터칼이 더 흥분하며 말했다.

" 애들아... 우리 너무 흥분한 것 같아... 조금 워~ 워~ 분을 줄여보자. "

자가 침착하게 말했다.

" 우리는 지금 샤프와 샤프심 통이 어디 있는지조차 몰라. 그러면 작전을 더 완벽하고 구체적으로 세워야 지. "

자는 자신의 의견을 조심스럽게 말했다.

" 그런가? "

연필과 지우개가 머리를 긁적긁적 이며 말했다.

" 일단 BAG CITY를 나가야 되니까, 스프링 공책한 테 부탁하자. "

자는 일어나서 말했다.

" 또 그리고 일단 나가면... 민호에게는 들키면 안 되니까... "

자가 고민하는 듯 중얼거렸다. 그때 가위가 흥분하며 말했다.

" 그럼, 그때는! 그때의 내가 알아서 하겠지! 걱정하지 마! 뭐 그런 고민을 벌써 하고 있어? "

가위는 아무 일도 아니라는 듯 민호에게 들킬 상황이 걱정되지 않는 듯이 말했다.

" 에효~ 말을 말자 말을 마. "

자가 자리를 옮기며 투덜거렸다.

" 애들아! 우리 오랜만에 BAG CITY 나가는 거니까... 예쁜 거 사 오자! 우리 돈 얼마 가져갈까? "

커터칼이 배낭을 챙기며 말했다.

" 음... 아무도 답이 없으니까 일단 가지고 있는 돈 다 들고 가지 뭐... "

커터칼이 중얼거리며 배낭에 지금까지 학용품들이 모아둔 모든 돈이 들어있는 통장을 넣으며 말했다.

" 자~ 다들 준비됐지? "

다음 날, 자가 배낭을 챙긴 학용품들에게 물어봤다.

" 네!! "

모든 학용품들이 동시에 말했다.

" 자! 그럼 가자! "

자가 힘차게 필통 문을 열고 나가며 말했다. 그때, 일렬로 서있는 학용품 들 줄의 맨 앞에 있던 가위가 앞 구덩이에 발을 빠뜨리며 뒤로 넘어졌다.

" 어어어어어어 어어어!! "

가위가 넘어짐과 동시에 가위 뒤에 서 있던 학용품들이 모두 도미노처럼 쓰러졌다.

" 야! 가위야! 조심해야지! 다 넘어졌잖아! "

커터칼이 소리치며 말했다.

" 아니... 내가 잘못한 건 맞지만... 그렇다고 그렇게까지 화낼 일은 아니잖아... "

커터칼의 호통을 들은 가위는 급격하게 소심해졌다.

" 애들아, 진정해 다들... 그럴 수도 있지... 네가 이해해 커터칼아. "

자가 커터칼을 다독이며 말했다.

" 아니.. 그럼 사과라도 해야 하는 거 아니야? "

커터칼은 구시렁대며 말했다. 그러자 사과하려고 했던 가위의 마음이 팍 나빠졌다.

" 야! 넌 무슨 말을 그렇게 하니? 사과하려고 했어! 미안하다! 됐냐!? "

가위는 커터칼이 가위에게 그랬던 것처럼 호통을 치며 말했다.

" 야! 진심이 아니잖아! 그리고 네가 사과하려고 했는지 안 했는지 내가 어떻게 알아! "

가위가 호통을 치자 커터칼도 더 크게 호통을 쳤다.

가만히 지켜보고 있던 학용품들도 이젠 안 되겠다 싶어 중재의 나섰다. 연필과 지우개가 커터칼을 진정시켰고, 자가 가위를 진정시켰다.

하지만 학용품들의 진정시키려는 노력에도 가위와 커터칼은 진정될 기미조차 보이지 않았다. 그러자 자가 화가 난 듯 가방을 던지며 말했다.

" 야!! 우리 그냥 가지 말자! 단추 박사랑 열쇠고리 말대로 그냥 있자! 가면 조용히 작전을 수행해야 하는데 지금 이렇게 시끄럽게 싸우면 어떡해! 사소한 감정에도 이렇게 쉽게 무너지는데 너희가 잘하겠니? "

자의 호통의 모든 학용품들이 조용해졌다. 싸우던 가위와 커터칼도, 커터칼을 진정시키던 연필과 지우개까지도 말이다.

순간 필통 속에서는 정적이 흘렀다. 그리고 다시 자가 말했다.

" 이렇게 갔다간 우리가 오히려 민호에게 잡혀서 샤프랑 샤프심 통이 우리를 구해줘야 하는 상황이 올 수도 있어! 제발 정신 차려!!! "

자가 한바탕 소리를 지르며 말을 하고 나니 1분쯤 정적이 흘렀다. 그리고 하나 둘 비가 와서 땅위로 머리를 내민 지렁이처럼 말을 하기 시작했다.

" 미안해 커터칼아.. 내가 앞을 잘 봤어야 하는데.. "

가위가 먼저 커터칼에게 진심 어린 사과를 했다.

" 아니야.. 나도 너한테 너무 무턱대고 소리만 친 것
같아 미안해.. "

가위의 사과 후 커터칼도 가위에게 진심 어린 사과를
했다.

" 자, 자야. 우리 이제 화해했어. 우리 이제 샤프랑
샤프심 통을 구하러 가자. "

자가 학용품들을 보며 싱긋 웃어 보이며 말했다.

" 정말 다 된 거지? 그럼 갈 거야. "

자가 앞장서서 다시 필통 밖으로 나왔다.

" 우와~ 멋지다. 우리 집이 되게 대도시에 있었구나~ "

연필이 필통을 바라보며 말했다. 학용품들의 눈앞에는 대도시인 BAG CITY의 높디높은 공책들이 보였고, 여기저기 널브러진 자동차들도 보였다. 학용품들이 BAG CITY의 길을 걸으며 말했다.

" 근데 단추 박사의 말대로 BAG CITY에 자동차들을 폐기하긴 해야 할 것 같아... "

단추 박사의 성격을 알아도 단추 박사의 광팬이었던 자는 단추 박사를 감싸며 이야기했다.

" 하! 무슨 소리야! "

걸어가던 지우개가 발끈하며 말했다.

" 단추 박사가 왜 우리 필통에 온 줄 알아? 그 하찮은 프로그램에? "

지우개의 말에 학용품들은 생각했다.

' 그래, 단추 박사라면 다른 유명 프로그램에
나갔겠지. 시간대도 같은데...'

" 그래! 그리고 갑자기 왜 논문을 이야기했는지! "

지우개는 모든 것을 알고 있다는 듯이 말했다.

" 요즘에 단추 박사 논란 몰라? 아까 우리가 봤던 그
논문, 인터넷 글에서 퍼온 거라고! Googoo에서
검색해 봤더니 단추 박사의 논문이랑 거의 유사한
글이 있었어. 심지어 그 글이 단추 박사의 논문보다
두 달 전에 올라왔다고! "

지우개가 흥분하며 말했다.

" 흠... 그럼 단추 박사는 오래된 건 맞지만 똑똑한
건 아니네... "

자가 중얼거리며 말했다.

" 알았어! 알았어! 그 얘긴 이제 그만하고! 이제
스프링 공책한테 가자. "

자가 황급히 상황을 중단시키고 말했다. 학용품들은
족히 1시간은 걸어서 필통과 정반대에 있는 스프링
공책이네 집, BAG CITY 속주머니에 도착했다.

" 이야~ 진짜 크다~! "

연필이 감탄하며 말했다.

" 그러게, 적어도 필통의 세배다... "

커터칼과 가위가 동시에 말했다.

" 똑 똑똑... "

자가 조심스럽게 스프링 공책의 집 문을 두드렸다.

그때 어디선가 목소리가 들렸다. 샤프와 샤프심
통에게도 말해줬던 지퍼 손잡이의 목소리였다. 다른
점을 굳이 뽑자면 샤프와 샤프심 통에게는 가방
바깥쪽 지퍼 손잡이 경비원이, 다른 학용품들에게는
가방 안쪽 지퍼 손잡이 경비원이 말했다는 것이다.

" 어이~ 거기 학용품들~ 지금 스프링 공책이 없어! "

경비원의 목소리에 학용품들이 대답했다.

" 네?? "

" 스프링 공책이 지금 휴가 갔다고! "

경비원이 소리쳤다.

" 말도 안 돼... "

학용품들은 절망에 빠졌다. 그때 가위가 말했다.

" 아! 얘들아! 거기가 있잖아! 단추 박사가 말한 곳! "

가위가 갑자기 들떠 흥분하며 말했다.

" 어?? "

다른 학용품들은 잘 이해하지 못했다.

" 아니... 얘들아...! 청바지 덧댄 곳!! "

가위가 소리치며 말했다.

그리고 그 즉시 학용품들은 경비원에게 인사도 하지
않은 채 바로 동쪽으로 뛰어갔다.

" 야야야야야야야야야야야야야야야야야야야!!! "

크게 소리를 지르며 학용품들은 BAG CITY를
가로지르며 뛰었다.

＊ ＊ ＊

그 시각, 샤프와 샤프심 통은 새로운 방도를 찾고
있었다.

" 우리... 그냥 기다릴까? "

샤프심 통이 주저앉으며 말했다.

" 하아아 "

샤프의 한숨 소리가 민호의 귀에 닿을 만큼 컸다.

" 아니면... 먼지 호텔에서 쉬던가... 우리 돈 있잖아... "

아무것도 모르는 샤프심 통이 말했다.

" 아니! 아니야!! 그건 절대 안 돼!! "

이미 먼지 호텔에 한번 가봤던 샤프는 단호하게
샤프심 통을 막아섰다.

" 아니면... 우리 서랍장 밑이나 가볼래? "

샤프가 먼지 호텔의 대안으로 서랍장 밑을 추천했다.
학용품과 물건들 사이에서는 서랍장 밑은 우리나라의
명동, 홍대 거리와 비슷했다.

" 그러지, 뭐... "

샤프심 통이 대답했다.

" 돈은 있으니까... 거기서 2급 먼지 사서 경매에
팔자! "

샤프가 이야기했다.

" 그래.. 좋아! "

샤프가 이야기하며 둘은 서랍장 밑으로 향했다.
그곳은 아주 시끄러웠다. 얼마나 시끄러웠는지 둘의
목소리가 잘 들리지 않았다. 둘은 최대한 목소리를
크게 해 서로와 대화했다.

" 샤프심 통아! 여기 너무 시끄러워! "

샤프가 온 힘을 다해 소리치며 샤프심 통에게
말했다.

" 뭐라고? 잘 안 들려! "

샤프심 통이 돌고래의 소리를 내며 소리쳤다.
서랍장 밑은 자칫 잘못하면 친구들을 잃어버리기 쉬운
곳이었다. 그걸 알고 있던 샤프와 샤프심 통은 서로를
꼭 잡고 있었다.

드디어 샤프와 샤프심 통이 먼지 상점에 들어섰다.

그곳에서 샤프는 지갑에 있는 돈이란 돈은 모두 꺼내 2급 먼지를 샀다. 2급이라 그런지, 먼지가 왠지 더 영롱하게 빛이 나는 것 같았다.

 둘은 영롱하게 빛이 나는 듯한 2급 먼지를 가지고 반대편 건물 지하로 내려갔다. 그곳에는 먼지 경매장이 있었다. 불법 시설이 아닌 인증 완료된 시설이었다.

 " 우와와아아아아~ "

 내려가자마자 감탄사가 안 나올 수 없었다. 엄청난 샹들리에들과 많은 손님들이 먼지 경매장의 역사까지 모든 것이 엄청나게 크고 멋있었다.

 곧 경매가 시작되었다. 샤프와 샤프심 통은 자신이 무엇을 하러 왔는지 깜빡 잊었었다.

 " 아! 맞다! 우리 빨리 번호표 사야 해! "

샤프가 재빠르게 먼지 경매장 매표소로 달려갔다.

" 아저씨! 여기 저희 번호표 주세요! 두 명입니다! "

샤프는 가쁜 숨을 헐떡이며 말했다. 그러자 매표소 직원이 표를 건네주며 말했다.

" 네~ 2번 경매장으로 가세요! "

" 네! 감사합니다! "

샤프와 샤프심 통은 경매장의 표를 사서 2번 경매장으로 향했다. 2번 경매장에는 이미 경매가 한창 진행되고 있었다.

" 네! 25,000,000만 원! 더 없습니까? 없으면 675번! 당첨 되셨습니다! "

진행자의 목소리가 경매장을 울렸다.

" 우와~ 샤프야.. 우리 2급 먼지 얼마로 샀지?
35,000,000만 원인가? "

샤프심 통이 샤프에게 궁금한 듯이 물어봤다.

" 응, 정확히는 35,000,001만 원이었어. "

샤프가 대답했다.

" 근데 너 그 돈 어디서 났어? "

샤프심 통이 샤프에게 물어봤다.

" 나 사실 그동안 BAG CITY BB은행에서 일했었어. "

샤프가 우쭐대며 말했다.

" 그럼 거기서 훔친거야? "

샤프심 통이 화들짝 놀라며 말했다.

" 얘가! 왜 이래! 일해서 벌었다고! 나 3년 동안
해서 꽤 모았다구! "

샤프가 자랑스러워하며 말했다.

" 그럼 먼지 호텔 갈 수 있었을 텐데... 아까 보니
입구에 특급 스위트홈이 40% 세일이라고 하던데... "

샤프심 통이 아쉬워하는 목소리로 중얼거리며
말했다.

" 아무튼! 우리 몇 번이야! "

샤프가 샤프심 통에게 물어봤다.

" 우리.. 854번! 이다음이야! "

드디어 샤프와 샤프심 통의 경매 차례가 왔다.

" 자! 드디어! 그 먼지가 나왔습니다! 바로 영롱하게

빛이 나는 듯한 느낌도 나는 바로 그 먼지! ”

진행자가 긴장감을 고조로 끌어올렸다.

“ 오...오오...! ”

관객들은 모두 기대의 찬 눈빛으로 진행자를
바라봤다.

“ 바로... 2급 먼지입니다!!!!!!!!!!!!! ”

진행자가 소리치자 샤프와 샤프심 통의 2급 먼지가
나왔다.

사실 2급 먼지는 구하려면 돈으로는 주고 살 수
없다는 말이 나올 정도로 비싼데... 샤프가 그 먼지
상점 단골이라 사장님이 큰맘 먹고 주신 거였다.

샤프와 샤프심 통의 먼지가 공개되자 관객석은 모두
웅성거렸다.

" 진짜야! "

" 저걸 내 눈으로 보게 되다니! "

" 시작은 35,000,000만 원 입니다! "

진행자의 말이 끝나기 무섭게 관객들은 손을 들었다.

" 36,000,000만 원!!! "

" 아니, 그 정도로 되겠나! 나는 40,000,000만 원
일세! "

" 에라 모르겠다! 50,000,000만 원으로!! "

온갖 돈들이 펑펑 터지는 가운데 결국에 선택된 건
302번이었다. 금액은 70,000,000만 원이었다.

" 우와~ 샤프야! 우리 2배로 벌었어! "

샤프심 통이 조용히 샤프에게 말했다.

" 그래, 우리 70,000,000만원 벌었어!! "

샤프도 조용히 샤프심 통에게 말했다.

＊＊＊

그 시각 학용품들은 청바지 덧댄 곳 앞에 도착했다.

" 이곳인가... "

 자가 긴장한 듯 말했다. 그리고는 학용품들은 힘을
합쳐 있는 힘껏 청바지를 밀었다. 그러자, 뚜뚜 뚝
소리와 함께 청바지가 뜯기면서 학용품들의 앞으로
길이 만들어졌다.

" 와아아아!! "

학용품들은 다같이 얼싸안고 춤을 추며 기뻐했다.

" 자, 이제 나가자! "

자가 힘차게 발걸음을 옮겼다. 자의 뒤에서는
커터칼이 시무룩해하며 걸어갔다.

" 1번째 작전은 실패했네... 정문을 열고 멋지게 다
같이 나가는 거였는데... 개구멍 같은 곳을 통과해
나갈 줄이야... "

커터칼이 실망하며 말했다.

" 야, 그래도 나온 게 어디야! 나온 것만으로도
천만다행이지! "

" 그래! 뭐 그 정도로! "

자와 가위가 커터칼을 위로하며 말했다. 그리고
학용품들은 작전을 펼쳤다.

첫 번째는 책상 위로 올라가는 거였다. 다행히도
민호는 학원 갔고, 민호네 엄마는 자고 있었다.

" 얘들아! 알지? "

자가 학용품들에게 물어봤다.

" 응! "

학용품들은 모두 OK라고 대답했다.

첫 번째 작전은 책상위로 올라가는 건데, 어떻게
올라가느냐가 관건이었다. 학용품들은 머리를 맞대고
고민했다. 그러다가 지우개가 기발한 아이디어를 냈다.

" 바닥에 흩어진 물건들을 밟고 올라가자! "

자가 앞장서서 올라가기 시작했다.

" 자! 날 따라와! "

첫 번째 작전이 정해졌다. 학용품들은 바닥에 있는
공책 묶음을 밟고, 그다음으로 우쿨렐레를 밟고,
의자를 밟고, 마지막은 의자의 걸려있는 외투를 타고
올라가 책상 위로 올라갔다.

" 어! 샤프와 샤프심 통이 없어! "

자가 당황하며 말했다.

" 우리가 아까 말했지! 걔네는 다른 데로 갔을
거라고! "

가위가 말했다. 그러자 커터칼이 덧붙여 말했다.

" 걔네 성격으로 갈 곳은 3군데 밖에 없어. 첫
번째는 먼지 호텔, 두 번째는 서랍장 밑, 마지막은
옷장 안! "

커터칼이 탐정 흉내를 내며 말했다.

" 그럴 것 같긴 해, 진짜 걔네 성격으로는 그럴 것 같네. 알고 있었어, 그래도 한 번 올라와 본거야. "

자가 알고 있었다는 듯이 말했다. 학용품들은 일제히 한숨을 쉬며 다시 바닥으로 내려갔다.

" 우와~ 여기가... 서랍장 밑 거리구나! "

비교적 최근에 들어온 가위는 서랍장 밑 거리를 보고 깜짝 놀랐다.

" 걔네는... 패션 몰에 있으려나? "

가위가 말했다. 평소 패션에 관심이 많던 샤프를 생각해 그렇게 말했다. 하지만 연필이 가위를 막아섰다.

" 아니야! 걔네는 먼지 상점에 갔어! 100%야! "

연필이 확신에 찬 듯 말했다.

" 네가 어떻게 알아? "

자가 궁금한 듯 연필에게 물어봤다.

" 저번에 샤프가 먼지 상점에 가서 먼지 사서
경매장에 가겠다고 했어! "

어렴풋이 지나간 이야기가 연필의 귀에는 꽤
흥미롭게 들려서 연필은 계속 그때 샤프의 말을
기억하고 있었다.

* * *

그 시각 샤프와 샤프심 통은 경매장에서 돈을 받고
있었다.

" 자, 이제 가자. "

샤프가 샤프심 통을 잡으며 말했다.

" 아니야. 가지 말자. "

샤프심 통이 다소 근엄한 얼굴을 지으며 말했다.

" 왜 그래? "

샤프가 궁금한 듯 물어봤다.

" 나... 너무 힘들어... "

갑자기 샤프심 통이 털썩 주저앉으며 말했다.
하지만 그럴 만도 했다. 샤프심 통의 성격은 원래
모든 일을 귀찮아하고, 조금 소심한 성격이다. 그러나
가끔 열정이 넘치는 때가 있긴 하다. 근데 오늘 하루
종일 민호에게 잡혀가고 탈출하고, 샤프를 찾고
서랍장 밑까지 오니, 샤프심 통은 더 이상 걸을 힘도
없었다.

그때였다. 경매가 끝난 2번째 경매장에 누군가가 들어왔다. 바로 샤프와 샤프심 통을 찾고 있던 학용품들이었다.

" 어! 샤프랑 샤프심 통이다! "

자와 연필, 지우개와 가위와 커터칼은 다시 만난 샤프와 샤프심 통이 반가워 달려갔다. 그때 샤프의 다급한 외침이 들렸다.

" 뛰지 마...! "

하지만 늦었다. 이미 학용품들은 뛰어 내려가고 있었다.

" 아아악! "

자가 경매장 바닥에 있는 턱을 못 보고 뛰다가 걸려 넘어졌다. 그 후로 샤프와 샤프심 통만 보고 달려오던 학용품들은 일제히 그 턱에서 넘어졌다.

" 아악! "

" 이익! "

하지만 넘어진 것도 잠시 학용품들은 다시 벌떡
일어나 샤프와 샤프심 통에게 달려와 얼싸안았다.

" 애들아~~ "

자가 눈물이 고인 듯한 눈으로 샤프와 샤프심 통을
바라보았다.

" 이익! 알았어.. 근데 우리 다시 BAG CITY로
돌아가야 해.. "

샤프가 말했다.

" 그래! 우리 빨리 돌아가야 해! "

덩달아 샤프심 통도 말했다.

" 너희 어떻게 나왔어? 스프링 공책이는 없던데? "

샤프가 의아해하며 물었다.

" 우리? 청바지 덧댄 곳으로! "

연필과 지우개가 자랑스러워하며 말했다.

" 참고로 그 아이디어 내가 제일 먼저 냈음! "

가위가 신이 나 말했다.

" 자... 그럼 우리 BAG CITY로 돌아갈까? "

자가 말했다.

" 네!! "

샤프심 통을 포함한 모든 학용품들이 모두 OK라고
대답했다. 학용품들은 청바지의 구멍을 통해 만들어진

길을 일렬로 들어갔다.

이번에도 언제나처럼 자가 선두였다. 그리고 다시 청바지를 고정해 놓고 다시 BAG CITY로 돌아왔다. 학용품들은 모두 전속력으로 뛰어 필통으로 돌아왔다.

＊＊＊

" 띵~~ 쩔그렁~ "

또다시 종소리가 울렸다. 그리고 학용품들 모두 다 같이 외쳤다.

" 와아아아아아~ 성공!! "

그리고 가위는 또다시 시무룩해진 얼굴로 말했다.

" 우리가 하기로 했던 거 다 못했네.. "

가위가 울먹울먹하자 자가 옆에 와 말했다.

" 아니야! 우리 하나는 했어! 샤프랑 샤프심 통을
데리고 다시 여기로 돌아온 거! "

자의 말에 가위는 다시 환한 미소로 웃어 보였다.

- 끝 -